Émilie Rivard

Mystère et... papier qui pue!

Illustrations de Mika

Auteure : **Émilie Rivard**
Illustratrice : **Mika**
Graphisme : **Espace blanc** (www.espaceblanc.com)

Dépôt légal – Bibliothèque et Archives nationales du Québec, 1er trimestre 2007

ISBN 978-2-89595-221-3

Gouvernement du Québec – Programme de crédit d'impôt pour l'édition de livres – Gestion SODEC

Boomerang éditeur jeunesse remercie la SODEC pour l'aide accordée à son programme éditorial.

Nous reconnaissons l'aide financière du gouvernement du Canada par l'entremise du Programme d'aide au développement de l'industrie de l'édition (PADIÉ) pour nos activités d'édition.

Imprimé au Canada

Super Bob s'approche du **Méchant Jack**, il y est presque... Que va-t-il lui arriver ?

— Vincent, tu as vu ce soleil ? Éteins la télé tout de suite et cours jouer dehors !

— Mais...

Pas de *mais*.

Maman passe devant moi, appuie sur un bouton et **zoup** ***Super Bob*** disparaît derrière l'écran noir. Elle ne comprend vraiment rien. Le soleil sera encore là demain, tandis que ***Super Bob***, lui... Bon, d'accord, il sera toujours là aussi, mais qu'est-ce que je vais faire à l'extérieur ? Je serai seul, ça, c'est sûr. Tous mes amis regardent *Les aventures de Super Bob*. Eux n'ont pas une mère aussi injuste que la mienne.

J'enfile mes souliers et ouvre la porte. Derrière moi, maman me sourit et me dit :

— Amuse-toi bien mon lapin !

Je lui lance un regard **méchant** avec des **sourcils froncés**. Une fois dehors, je contourne la maison et me dirige vers le parc. S'amuser seul dans les balançoires, c'est nuuul. Je tourne donc à gauche, vers la ruelle. J'aime beaucoup jouer dans ce drôle d'endroit. Monsieur Gagnon, le libraire, y jette des millions de boîtes de carton. Elles forment des montagnes **immenses** que nous escaladons. Parfois, nous nous cachons derrière pour espionner l'étrange madame Simoneau. Elle a au moins 98 ans. Ses cheveux sont plus blancs que les plumes d'une mouette, sa peau est pâle comme du lait et elle porte toujours la même robe. De quelle couleur? Blanche, bien sûr. Nous pourrions croire qu'elle est un fantôme, si elle n'avait pas une dent très jaune.

Oh non! elle sort sur son balcon. Je ne veux pas qu'elle me voie. **Zut!** je n'ai pas le temps de me rendre à la montagne de boîtes. Je m'accroupis donc derrière la poubelle qui pue en

me pinçant le nez. C'est celle de monsieur Lorenzo, le poissonnier. **Ouf !** madame Simoneau ne m'a pas aperçu.

En baissant les yeux, une feuille attire mon attention. Je la défroisse contre mon genou. **Étrange... très étrange**. Le papier est jauni. L'encre noire a coulé et a fait toutes sortes de barbeaux. Mais le plus bizarre, ce sont les mots qui y sont écrits. Je ne les comprends pas. Ils sont **inconnus**, presque **inquiétants** !

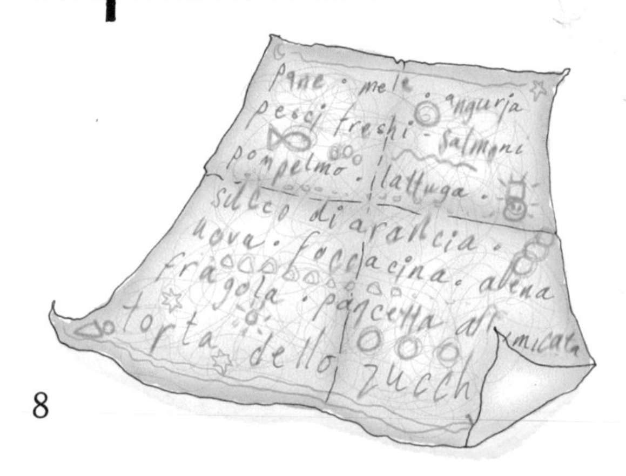

Les aventures de **Super Bob** sont terminées et tous les amis sortent de chez eux. Rosalie arrive d'abord, puis Arnaud. Saralou nous rejoint quelques minutes plus tard sur son vélo. Je leur montre le **mystérieux** papier et Arnaud déclare aussitôt:

— Les amis, il faut *déchirer* cette énigme et tirer ça aux *éclairs*. Tous au **sapin secret** !

Le sapin secret se trouve au fond du parc. C'est un arbre gigantesque. Le bout de ses branches les plus basses tombe jusqu'au sol. Ce sapin est une tente parfaite ! Nous pouvons nous y

asseoir tous les quatre. Ou plutôt tous les cinq, en comptant Bella, la chienne de monsieur Lorenzo. Elle nous rejoint à tous les coups. Le sapin secret, c'est l'endroit où nous inventons des tonnes d'histoires parfois **drôles**, parfois **effrayantes**.

En fait, c'est là où Rosalie, Arnaud et Saralou racontent des tas d'aventures. Moi, je ne suis pas capable... Contrairement à mes trois copains, je n'ai **AUCUNE** imagination. Certains n'ont pas de cheveux, d'autres pas de chance. Moi, je suis né sans imagination et ça me rend **très, très triste**.

J'essaie d'inventer des personnages **fantastiques** et des lieux mystérieux, mais dans ma caboche, je ne vois qu'un **grand**

trou tout noir. Au moins, pour me consoler, je peux écouter les histoires de mes amis !

Aujourd'hui comme chaque fois, nous nous assoyons autour du tronc. Aussitôt, une **grosse tête poilue**, **noire**, **blanche** et **brune** apparaît entre les branches. C'est celle de Bella. Nous sommes donc tous prêts à tenter de découvrir la vérité sur la feuille aux mots inconnus.

Saralou tourne et retourne le papier entre ses doigts. Elle se gratte le sourcil et sort le bout de sa langue, comme si cela l'aidait à réfléchir. Arnaud, Rosalie, Bella et moi sommes attentifs. Saralou attend encore quelques secondes, puis se met à parler.

— Je sais d'où vient cette lettre et croyez-moi, elle peut être dangereuse. Depuis plusieurs années, un homme terrible se promène de pays en pays pour voler une chose très précieuse... : les couleurs.

— Les couleurs ? demande Rosalie.

— Oui, oui, les couleurs ! répond Saralou avant de poursuivre. Dans certains pays lointains, les couleurs n'existent plus. Les habitants vivent en noir et blanc, comme dans les vieux films à la télé.

— Pourquoi est-ce qu'il vole les couleurs ?

— Eh bien, Vincent, c'est pour pouvoir peindre l'œuvre d'art la plus belle et la plus colorée au monde. Heureusement, une équipe d'agents secrets travaille sur cette affaire avant que la Terre ne devienne complètement noire et blanche. Ces agents ont su que le voleur de couleurs se cachait ici, dans notre ville. La preuve : il a presque terminé de décolorer madame Simoneau. Il ne reste que sa dent **jaune** ! La lettre que Vincent a trouvée est le message d'un agent secret à un autre. Ils ont créé une langue pour ne pas être compris par le **bandit**.

« Si les ***agents secrets*** nous trouvent avec ce papier, ils

croiront que nous sommes du côté du **malfaiteur** et ils nous arrêteront ! Si c'est le voleur qui nous découvre, il nous prendra pour des agents secrets et il volera nos **couleurs** immédiatement ! »

Aaah ! un bruit de frottement nous fait sursauter. Mon cœur cogne fort et je dois avoir les yeux aussi RONDS que ceux de mes amis. Est-ce que c'est l'escroc qui nous espionne ou un agent secret ? Ouf ! ce n'est que la queue de Bella qui a accroché une branche. Je pourrai donc garder mes cheveux **bruns** et mes yeux **verts** encore quelques minutes...

Saralou remet la feuille à Rosalie. À son tour, elle observe le papier. Un beau grand sourire se dessine sur son visage. Elle repousse une mèche de cheveux et commence son histoire.

— Saralou, tu n'y es pas du tout. Quand on le regarde de près, on voit bien que ce **papier est vieux, très vieux**. Il est tout jauni

et l'ENCRE A COULÉ, juste là. Si on ne comprend pas les mots, c'est parce que cette lettre vient de loin et qu'elle est **ancienne**. C'est un **prince** qui l'a écrite.

— **NON! ROSALIE!** Pas encore une histoire de **princesse** ! se plaint Arnaud.

— **CHUT! ÉCOUTE!** que je lui dis en lui donnant un coup de coude.

— Merci ! Vincent. C'est donc le prince Grégorio qui a composé ce poème pour son amoureuse, la princesse Pétunietta. Malheureusement, il n'a jamais eu le temps de l'envoyer. En effet, il s'est fait attraper par les chevaliers aux pieds rouges et leur maître, le vilain Taratatof. Son plan était de capturer le prince pour épouser Pétunietta à sa place. La belle princesse a attendu des nouvelles de son prince pendant des semaines. Un jour, elle a reçu une lettre. Taratatof l'invitait dans son royaume, un endroit sombre où même le soleil n'aime pas aller. À son arrivée, il l'a demandée en mariage.

Comme elle croyait que **Grégorio** ne l'aimait plus, elle a répondu...

— **Beurk !** Bella a encore fait **pipi** sous le sapin, l'interrompt Saralou.

Nous faisons tous la grimace, nous nous éloignons de la flaque et nous nous tournons de nouveau vers Rosalie.

— Alors qu'est-ce qu'elle a répondu ? demande Saralou.

— Elle a répondu... **oui**. Pendant ce temps, au fond de la **forêt duboudupuit**, le prince **Grégorio** a combattu bravement les chevaliers aux **pieds rouges** et a réussi à se sauver. Le jour du mariage de la belle **Pétunietta** et du **méchant** Taratatof, Grégorio s'est rendu au château du **vilain** prince. En le voyant, Pétunietta a sauté dans ses bras. Taratatof était **très en colère**. Le visage **rouge** comme une tomate, il a tenté de tuer Grégorio. Ils se sont battus durant des heures, jusqu'à ce que Taratatof soit mort d'épuisement. Grégorio a alors pu marier la **princesse** et l'**embrasser avec passion**.

– **Ouaaache!**

crions Arnaud et moi à l'idée du **baiser** de Grégorio et de Pétunietta.

Rosalie hausse les épaules et tend la feuille à Arnaud. Que va-t-il encore **inventer**, celui-là ?

5

Arnaud prend la feuille des mains de Rosalie, la touche du bout des doigts, la renifle et dit :

— Tu fais *grosse* route, Rosalie. Cette feuille n'est pas aussi **ancienne** que tu le crois. **Avez-vous remarqué qu'elle sent** mauvais? C'est parce qu'elle provient d'une autre planète, une planète où tout empeste. Les maisons sentent le **fromage moisi** et les arbres puent les **petits pieds**. Même les habitants ont une odeur *insecte*! Ces extraterrestres nous visitent pour

mieux nous connaître. Un jour, ils voudraient déménager ici, où ça sent bon. Ces aventuriers bizarres ont donc atterri dans notre ville à bord de leur soucoupe volante et ils prennent des notes sur tout ce qu'ils voient.

« Je suis d'accord avec Saralou sur un point. Cette feuille peut être **dangereuse**. Si jamais ils nous trouvent avec leurs notes entre les mains, ils pourraient nous kidnapper comme **Taratatof** a enlevé **Grégorio**. Alors, ils nous amèneraient sur leur **planète qui pue**, juste pour voir si nous pourrions être amis avec leurs enfants qui sentent le **brocoli cuit**. »

L'histoire d'Arnaud me plaît beaucoup. Pourtant, je l'écoute seulement d'une oreille. J'essaie de trouver une excuse pour ne pas avoir à raconter une histoire moi aussi. C'est difficile quand on n'a pas d'imagination !

Nous parlons un moment de choses qui **sentent mauvais**. La **poubelle** de monsieur Lorenzo, Bella lorsqu'elle est mouillée... Je crois que je vais pouvoir m'en sortir. **Mais non !** Arnaud met la lettre sur mes genoux et dit simplement :

— À toi, Vincent !

6

Je **respire aussi vite** que si j'avais fait trois fois le tour de l'école à la **course**. Les autres me fixent et attendent que je commence mon histoire. **Vas-y, Vincent ! TU PEUX LE FAIRE !**

— Je crois que... La feuille... C'est... **Je ne suis pas capable**. Je ne peux pas raconter d'aventures aussi chouettes que les vôtres.

— **Mais oui, tu peux !** Je suis certaine que ton histoire sera fantastique ! m'encourage Rosalie.

— Ce sera **génial** ! Et il n'y aura pas de princesse... ajoute Arnaud pour se moquer de notre amie.

Je cherche, je cherche et je cherche encore. Je creuse dans ma tête pour trouver des **idées**. C'est l'histoire de... Avec un... Il était une fois... **C'est foutu. Je n'y arriverai jamais.** Mon **cœur** se serre. Je suis à moitié triste et à moitié fâché après cette imagination qui ne veut pas de moi.

— Qu'est-ce que tu souhaiterais que ce soit, cette lettre ? demande Saralou.

— Ce que je voudrais que ce soit ? Je voudrais que ce soit la recette d'une potion magique qui pourrait me donner des miiiiiiiillions d'idées. Ou encore les indications pour trouver un coffre. Dans le coffre, il y aurait une drôle de lampe

très vieille. Et dans la lampe se cacherait un génie qui pourrait m'apporter de l'imagination en un coup de baguette. J'aimerais aussi que ce soit une feuille enchantée. Je n'aurais qu'à la mettre dans ma poche et, quand j'en aurais besoin, les lettres se déplaceraient pour donner les bonnes réponses aux examens. Ça pourrait aussi être une chanson que l'on chante pour avoir soudain plein d'idées !

— Là, Vincent, je crois que tu as beaucoup trop d'imagination ! me dit Rosalie.

C'est bien vrai, j'ai réussi à créer toutes sortes d'histoires.

JE SUIS GUÉRI !

Toujours sous le **sapin**, nous continuons à parler de la **feuille de papier.** Malgré toutes nos **histoires**, elle reste encore **mystérieuse**. Tout à coup, nous entendons des pas qui s'approchent de notre cachette. Un **voleur** ? Un **extra-terrestre**? Non. La tête de monsieur Lorenzo apparaît soudain. Il nous fait rire avec ses GRAAANDS YEUX de poisson et son accent étrange. Parfois, on ne comprend pas du tout ce qu'il dit. C'est parce qu'il vient d'un autre pays, l'Italie.

— Les enfants, je dois partir avec Bella pour aller faire des courses.

Son regard se pose sur la feuille. Il ajoute :

— Oh ! vous avez retrouvé ma liste. Je croyais l'avoir jetée avec les arêtes de poisson.

La mystérieuse lettre était en fait une liste d'articles à acheter, écrite en italien. Monsieur Lorenzo s'en va, Bella sur ses talons. Saralou, Rosalie et

Arnaud se regardent avec un air un peu triste. Ils sont déçus de connaître la vérité. Ils auraient préféré avoir découvert un document ancien ou même la meilleure recette de gâteau au chocolat de l'univers.

Mais non, ce n'est qu'une liste d'épicerie.

Une liste d'épicerie ? **Vraiment ?** La feuille que nous avons remise à monsieur Lorenzo, le poissonnier, est beaucoup plus que ça. Grâce à elle, je peux maintenant raconter des miiiiiiiillions d'histoires ! Pour moi, elle sera toujours magique.

Glossaire

Accroupir (S’) : s’asseoir sur ses talons avec les jambes repliées

Arêtes : os qui forment le squelette des poissons

Caboche : tête

Décolorer : faire disparaître la couleur

Défroisser : enlever les plis

Effrayantes : épeurantes

Empester : sentir mauvais

Enchantée : magique

Escroc : voleur

Froncés : dans le cas des sourcils, les plisser pour donner un air fâché

Indications : renseignements, informations

Interrompre : couper la parole à quelqu’un

Malfaiteur : personne qui commet une mauvaise action

Soudain : tout à coup

Langue fourchue

Arnaud mélange certaines expressions de la langue française. Peux-tu l'aider à trouver le bon mot?

Écris tes réponses sur une feuille blanche et compare-les avec celles du solutionnaire en page 47.

1. Quand on cherche une solution à un problème compliqué, on...

a. déchire une énigme;
b. désire une énigme;
c. déchiffre une énigme.

2. Lorsqu'on veut résoudre un mystère, on tire la chose...

a. au clair;
b. aux éclairs;
c. à tante Claire.

3. Quand on se trompe, on dit qu'on fait...

a. rose route;
b. fausse route;
c. grosse route.

4. Une chose qui sent très mauvais a une odeur...

a. infecte;
b. infeste;
c. insecte.

M'as-tu bien lu ?

Voici un quiz qui te permettra de voir si tu as bien lu *Mystère et... papier qui pue.*

Écris tes réponses sur une feuille blanche et compare-les avec celles du solutionnaire en page 47.

1. Quelle est l'émission de télévision préférée de Vincent?

a. Les aventures de Super Bill
b. Les aventures de Super Bob
c. Les aventures de Super Paul

2. Comment la chienne du poissonnier s'appelle-t-elle?

a. Bella
b. Stella
c. Pétunietta

3. Quel est le nom du méchant dans l'histoire de princesse de Rosalie?

a. Grégorio
b. Taratatof
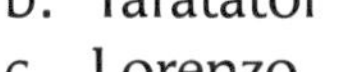
c. Lorenzo

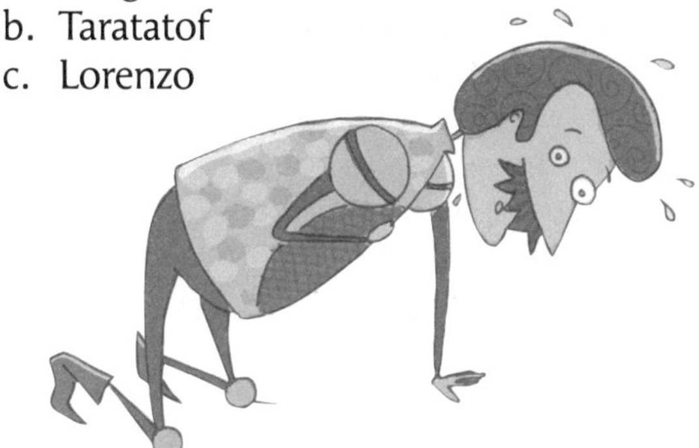

suite

4. Dans l'histoire d'Arnaud, que sentaient les enfants des extra-terrestres ?

a. Le chocolat chaud ;
b. Le chien mouillé ;
c. Le brocoli cuit.

5. De quel pays provient le poissonnier ?

a. De l'Italie ;
b Des États-Unis ;
c. De la France.

- -

Tu t'es bien amusé avec les quiz de *La langue fourchue* et *M'as-tu bien lu* ?

Eh bien ! Vincent et ses amis ont conçu d'autres questions et jeux pour toi. Ils t'invitent à venir visiter le www.boomerangjeunesse.com. Clique sur la section Catalogue, ensuite sur M'as-tu lu ?

Amuse-toi bien !

Solutionnaire

La langue fourchue
Question 1 : c
Question 1 : a
Question 1 : b
Question 1 : a

M'as-tu bien lu ?
Question 1 : b
Question 2 : a
Question 3 : b
Question 4 : c
Question 5 : a

Retrouve
Saralou et Arnaud
dans leurs premières
aventures !
Émilie Rivard
Mon frère
est un
vampire
Contient un glossaire
et deux quiz :
La langue fourchue et
M'as-tu bien lu?
Émilie Rivard
Alice est une
sorcière
Contient un glossaire
et deux quiz :
La langue fourchue et
M'as-tu bien lu?
ISBN 978-2-89595-104-9

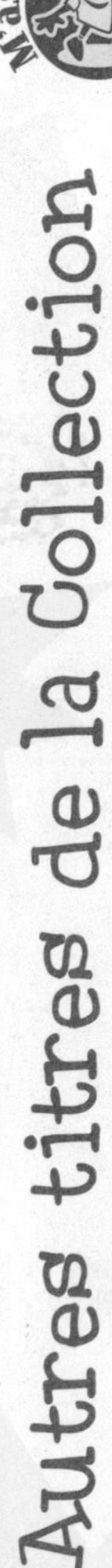

Autres titres de la Collection

ISBN 978-2-89595-118-6

ISNB 978-2-89595-104-9

ISBN 978-2-89595-155-1

ISBN 2-89595-156-X

ISBN 2-89595-165-9

ISBN 978-2-89595-166-7

ISBN 978-2-89595-179-7

ISBN 2-89595-180-2

ISBN 2-89595-195-0

ISBN 2-89595-196-9

ISBN 978-2-89595-220-6

ISBN 978-2-89595-221-3